LES CAHIERS DE DOUAI

D'autres classiques à étudier avec nos dossiers Librio +

Apollinaire, *Alcools*, Librio n° 1094
Baudelaire, *Les Fleurs du mal*, Librio n° 48
Baudelaire, *Le Spleen de Paris. Petits Poèmes en prose*, Librio n° 179
Beaumarchais, *Le Mariage de Figaro*, Librio n° 464
Gautier, *La Morte amoureuse*, suivi de *Arria Marcella*, Librio n° 263
Giraudoux, *La guerre de Troie n'aura pas lieu*, Librio n° 1145
Olympe de Gouges, *Déclaration des droits de la femme et de la citoyenne*, suivi de *Zamore et Mirza*, Librio n° 1305
Hugo, *Ruy Blas*, Librio n° 719
Hugo, *Pauca meæ. Les Contemplations* (Livre IV), Librio n° 1169
Jarry, *Ubu roi*, Librio n° 377
La Bruyère, *Les Caractères*, Librio n° 839
Mme de Lafayette, *La Princesse de Clèves*, Librio n° 57
Mme de Lafayette, *La Princesse de Montpensier*, suivi de *La Comtesse de Tende*, Librio n° 1040
La Fontaine, *Fables* – Livres VII-XI, Librio n° 1262
Marivaux, *Les Fausses Confidences*, Librio n° 1276
Marivaux, *L'Île des esclaves*, Librio n° 477
Maupassant, *Bel-Ami*, Librio n° 1178
Maupassant, *Pierre et Jean*, Librio n° 151
Mérimée, *Carmen*, Librio n° 13
Mérimée, *Colomba*, Librio n° 167
Molière, *Dom Juan*, Librio n° 14
Molière, *L'École des femmes*, Librio n° 277
Molière, *Les Femmes savantes*, Librio n° 585
Molière, *Le Tartuffe*, Librio n° 476
Molière, *Les Précieuses ridicules*, Librio n° 776
Molière, *Le Misanthrope*, Librio n° 647
Montaigne, *Des cannibales*, suivi de *Des coches*, Librio n° 1261
Montesquieu, *Lettres persanes*, Librio n° 838
Racine, *Andromaque*, Librio n° 469
Racine, *Bérénice*, Librio n° 1072
Racine, *Britannicus*, Librio n° 390
Racine, *Phèdre*, Librio n° 301
Rimbaud, *Une saison en enfer*, suivi de *Illuminations*, Librio n° 1258
Rimbaud, *Le Bateau ivre et autres poèmes*, Librio n° 18
Saint-Pierre, *Paul et Virginie*, Librio n° 65
Sophocle, *Œdipe roi*, Librio n° 30
Swift, *Voyage au pays des Houyhnhnms*, Librio n° 1063
Tourguéniev, *Premier Amour*, Librio n° 17
Troyat, *La Neige en deuil*, Librio n° 6
Verne, *Le Château des Carpathes*, Librio n° 171
Voltaire, *Candide ou l'Optimisme*, Librio n° 31
Voltaire, *Jeannot et Colin et autres contes philosophiques*, Librio n° 664
Zola, *Naïs Micoulin*, suivi de *Madame Sourdis*, Librio n° 127

Rimbaud

LES CAHIERS DE DOUAI

Librio
TEXTE INTÉGRAL

Dossier pédagogique établi par Camille Page

SOMMAIRE

PREMIER CAHIER

PREMIÈRE SOIRÉE

— Elle était fort déshabillée
Et de grands arbres indiscrets
Aux vitres jetaient leur feuillée
Malinement*[1], tout près, tout près.

Assise sur ma grande chaise,
Mi-nue, elle joignait les mains.
Sur le plancher frissonnaient d'aise
Ses petits pieds si fins, si fins.

— Je regardai, couleur de cire,
Un petit rayon buissonnier
Papillonner dans son sourire
Et sur son sein, — mouche au rosier.

— Je baisai ses fines chevilles.
Elle eut un doux rire brutal
Qui s'égrenait en claires trilles*,
Un joli rire de cristal.

1. Tous les termes suivis d'un astérisque sont définis dans le Lexique en fin d'ouvrage (p. 87).

Les petits pieds sous la chemise
Se sauvèrent : « Veux-tu finir ! »
— La première audace permise,
Le rire feignait de punir !

— Pauvrets palpitants sous ma lèvre,
Je baisai doucement ses yeux :
— Elle jeta sa tête mièvre*
En arrière : « Oh ! c'est encor mieux !...

« Monsieur, j'ai deux mots à te dire... »
— Je lui jetai le reste au sein
Dans un baiser, qui la fit rire
D'un bon rire qui voulait bien...

— Elle était fort déshabillée
Et de grands arbres indiscrets
Aux vitres jetaient leur feuillée
Malinement, tout près, tout près.

SENSATION

Par les soirs bleus d'été, j'irai dans les sentiers,
Picoté* par les blés, fouler l'herbe menue :
Rêveur, j'en sentirai la fraîcheur à mes pieds.
Je laisserai le vent baigner ma tête nue.

Je ne parlerai pas, je ne penserai rien :
Mais l'amour infini me montera dans l'âme,
Et j'irai loin, bien loin, comme un bohémien,
Par la Nature, — heureux comme avec une femme.

Mars 1870.

LE FORGERON

Palais des Tuileries, vers le 10 août [17]92.

Le bras sur un marteau gigantesque, effrayant
D'ivresse et de grandeur, le front vaste, riant
Comme un clairon* d'airain*, avec toute sa bouche,
Et prenant ce gros-là dans son regard farouche*,
Le Forgeron parlait à Louis Seize, un jour
Que le Peuple était là, se tordant tout autour,
Et sur les lambris d'or traînant sa veste sale,
Or le bon roi, debout sur son ventre, était pâle,
Pâle comme un vaincu qu'on prend pour le gibet*,
Et, soumis comme un chien, jamais ne regimbait*,
Car ce maraud* de forge aux énormes épaules
Lui disait de vieux mots et des choses si drôles,
Que cela l'empoignait au front, comme cela!

« Or, tu sais bien, Monsieur, nous chantions tra la la
Et nous piquions les bœufs vers les sillons des autres:
Le Chanoine au soleil filait des patenôtres*
Sur des chapelets* clairs grenés de pièces d'or.
Le Seigneur, à cheval, passait, sonnant du cor
Et l'un avec la hart*, l'autre avec la cravache
Nous fouaillaient. — Hébétés comme des yeux de vache,
Nos yeux ne pleuraient plus; nous allions, nous allions,
Et quand nous avions mis le pays en sillons,

Quand nous avions laissé dans cette terre noire
Un peu de notre chair… nous avions un pourboire :
On nous faisait flamber nos taudis dans la nuit ;
Nos petits y faisaient un gâteau fort bien cuit.

« Oh ! je ne me plains pas. Je te dis mes bêtises,
C'est entre nous. J'admets que tu me contredises.
Or, n'est-ce pas joyeux de voir, au mois de juin
Dans les granges entrer des voitures de foin
Énormes ? De sentir l'odeur de ce qui pousse,
Des vergers quand il pleut un peu, de l'herbe rousse ?
De voir des blés, des blés, des épis pleins de grain,
De penser que cela prépare bien du pain ?…
Oh ! plus fort, on irait, au fourneau qui s'allume,
Chanter joyeusement en martelant l'enclume,
Si l'on était certain de pouvoir prendre un peu,
Étant homme, à la fin !, de ce que donne Dieu !
— Mais voilà, c'est toujours la même vieille histoire !

« Mais je sais, maintenant ! Moi, je ne peux plus croire,
Quand j'ai deux bonnes mains, mon front et mon marteau
Qu'un homme vienne là, dague* sur le manteau,
Et me dise : Mon gars, ensemence ma terre ;
Que l'on arrive encor, quand ce serait la guerre,
Me prendre mon garçon comme cela, chez moi !
— Moi, je serais un homme, et toi, tu serais roi,
Tu me dirais : Je veux !… — Tu vois bien, c'est stupide.
Tu crois que j'aime voir ta baraque splendide,
Tes officiers dorés, tes mille chenapans,

Tes palsembleu bâtards tournant comme des paons :
Ils ont rempli ton nid de l'odeur de nos filles
Et de petits billets pour nous mettre aux Bastilles,
Et nous dirons : C'est bien : les pauvres à genoux !
Nous dorerons ton Louvre en donnant nos gros sous !
Et tu te soûleras, tu feras belle fête.
— Et ces Messieurs riront, les reins sur notre tête !

« Non. Ces saletés-là datent de nos papas !
Oh ! Le Peuple n'est plus une putain. Trois pas
Et, tous, nous avons mis ta Bastille en poussière.
Cette bête suait du sang à chaque pierre
Et c'était dégoûtant, la Bastille debout
Avec ses murs lépreux qui nous racontaient tout
Et, toujours, nous tenaient enfermés dans leur ombre !
— Citoyen ! citoyen ! c'était le passé sombre
Qui croulait, qui râlait, quand nous prîmes la tour !
Nous avions quelque chose au cœur comme l'amour.
Nous avions embrassé nos fils sur nos poitrines.
Et, comme des chevaux, en soufflant des narines
Nous allions, fiers et forts, et ça nous battait là…
Nous marchions au soleil, front haut, — comme cela —,
Dans Paris ! On venait devant nos vestes sales.
Enfin ! Nous nous sentions Hommes ! Nous étions pâles,
Sire, nous étions soûls de terribles espoirs :
Et quand nous fûmes là, devant les donjons noirs,
Agitant nos clairons et nos feuilles de chêne,
Les piques à la main ; nous n'eûmes pas de haine,
— Nous nous sentions si forts, nous voulions être doux !

. . . .
. . . .

«Et depuis ce jour-là, nous sommes comme fous!
Le tas des ouvriers a monté dans la rue,
Et ces maudits s'en vont, foule toujours accrue
De sombres revenants, aux portes des richards.
Moi, je cours avec eux assommer les mouchards*:
Et je vais dans Paris, noir, marteau sur l'épaule,
Farouche, à chaque coin balayant quelque drôle,
Et, si tu me riais au nez, je te tuerais!
— Puis, tu peux y compter, tu te feras des frais
Avec tes hommes noirs, qui prennent nos requêtes
Pour se les renvoyer comme sur des raquettes
Et, tout bas, les malins! se disent: "Qu'ils sont sots!"
Pour mitonner* des lois, coller de petits pots
Pleins de jolis décrets roses et de droguailles
S'amuser à couper proprement quelques tailles,
Puis se boucher le nez quand nous marchons près d'eux,
— Nos doux représentants qui nous trouvent crasseux! —
Pour ne rien redouter, rien, que les baïonnettes…,
C'est très bien. Foin de leur tabatière à sornettes!
Nous en avons assez, là, de ces cerveaux plats
Et de ces ventres-dieux*. Ah! ce sont là les plats
Que tu nous sers, bourgeois, quand nous sommes féroces,
Quand nous brisons déjà les sceptres et les crosses!…»

. . . .

Il le prend par le bras, arrache le velours
Des rideaux, et lui montre en bas les larges cours

Où fourmille, où fourmille, où se lève la foule,
La foule épouvantable avec des bruits de houle,
Hurlant comme une chienne, hurlant comme une mer,
Avec ses bâtons forts et ses piques de fer,
Ses tambours, ses grands cris de halles et de bouges*,
Tas sombre de haillons* saignant de bonnets rouges :
L'Homme, par la fenêtre ouverte, montre tout
Au roi pâle et suant qui chancelle debout,
Malade à regarder cela !
« C'est la Crapule,
Sire. Ça bave aux murs, ça monte, ça pullule :
— Puisqu'ils ne mangent pas, Sire, ce sont des gueux !
Je suis un forgeron : ma femme est avec eux,
Folle ! Elle croit trouver du pain aux Tuileries !
— On ne veut pas de nous dans les boulangeries.
J'ai trois petits. Je suis crapule. — Je connais
Des vieilles qui s'en vont pleurant sous leurs bonnets
Parce qu'on leur a pris leur garçon ou leur fille :
C'est la crapule. — Un homme était à la Bastille,
Un autre était forçat : et tous deux, citoyens
Honnêtes. Libérés, ils sont comme des chiens :
On les insulte ! Alors, ils ont là quelque chose
Qui leur fait mal, allez ! C'est terrible, et c'est cause
Que se sentant brisés, que, se sentant damnés,
Ils sont là, maintenant, hurlant sous votre nez !
Crapule. — Là-dedans sont des filles, infâmes
Parce que, — vous saviez que c'est faible, les femmes, —
Messeigneurs de la cour, — que ça veut toujours bien, —

Vous leur avez craché sur l'âme, comme rien!
Vos belles, aujourd'hui, sont là. C'est la crapule.

. . . .

« Oh! tous les Malheureux, tous ceux dont le dos brûle
Sous le soleil féroce, et qui vont, et qui vont,
Qui dans ce travail-là sentent crever leur front,
Chapeau bas, mes bourgeois! Oh! ceux-là, sont les Hommes!
Nous sommes Ouvriers, Sire! Ouvriers! Nous sommes
Pour les grands temps nouveaux où l'on voudra savoir,
Où l'Homme forgera du matin jusqu'au soir,
Chasseur des grands effets, chasseur des grandes causes,
Où, lentement vainqueur, il domptera les choses
Et montera sur Tout, comme sur un cheval!
Oh! splendides lueurs des forges! Plus de mal,
Plus! — Ce qu'on ne sait pas, c'est peut-être terrible:
Nous saurons! — Nos marteaux en main, passons au crible
Tout ce que nous savons: puis, Frères, en avant!
Nous faisons quelquefois ce grand rêve émouvant
De vivre simplement, ardemment, sans rien dire
De mauvais, travaillant sous l'auguste sourire
D'une femme qu'on aime avec un noble amour:
Et l'on travaillerait fièrement tout le jour,
Écoutant le devoir comme un clairon qui sonne:
Et l'on se sentirait très heureux; et personne
Oh! personne, surtout, ne vous ferait ployer!
On aurait un fusil au-dessus du foyer...

. . . .

« Oh ! mais l'air est tout plein d'une odeur de bataille
Que te disais-je donc ? Je suis de la canaille !
Il reste des mouchards et des accapareurs.
Nous sommes libres, nous ! Nous avons des terreurs
Où nous nous sentons grands, oh ! si grands ! Tout à l'heure
Je parlais de devoir calme, d'une demeure…
Regarde donc le ciel ! — C'est trop petit pour nous,
Nous crèverions de chaud, nous serions à genoux !
Regarde donc le ciel ! — Je rentre dans la foule,
Dans la grande canaille effroyable, qui roule,
Sire, tes vieux canons sur les sales pavés :
— Oh ! quand nous serons morts, nous les aurons lavés
— Et si, devant nos cris, devant notre vengeance,
Les pattes des vieux rois mordorés, sur la France
Poussent leurs régiments en habits de gala,
Eh bien, n'est-ce pas, vous tous ? Merde à ces chiens-là ! »

. . . .

— Il reprit son marteau sur l'épaule.
La foule
Près de cet homme-là se sentait l'âme soûle,
Et, dans la grande cour, dans les appartements,
Où Paris haletait avec des hurlements,
Un frisson secoua l'immense populace.
Alors, de sa main large et superbe de crasse,
Bien que le roi ventru suât, le Forgeron,
Terrible, lui jeta le bonnet rouge au front !

SOLEIL ET CHAIR

I

Le Soleil, le foyer de tendresse et de vie,
Verse l'amour brûlant à la terre ravie,
Et, quand on est couché sur la vallée, on sent
Que la terre est nubile* et déborde de sang ;
Que son immense sein, soulevé par une âme,
Est d'amour comme dieu, de chair comme la femme,
Et qu'il renferme, gros de sève et de rayons,
Le grand fourmillement de tous les embryons !

Et tout croît, et tout monte !
— Ô Vénus, ô Déesse !
Je regrette les temps de l'antique jeunesse,
Des satyres* lascifs, des faunes animaux,
Dieux qui mordaient d'amour l'écorce des rameaux
Et dans les nénufars baisaient la Nymphe blonde !
Je regrette les temps où la sève du monde,
L'eau du fleuve, le sang rose des arbres verts
Dans les veines de Pan mettaient un univers !
Où le sol palpitait, vert, sous ses pieds de chèvre ;
Où, baisant mollement le clair syrinx*, sa lèvre
Modulait sous le ciel le grand hymne d'amour ;
Où, debout sur la plaine, il entendait autour

Répondre à son appel la Nature vivante ;
Où les arbres muets, berçant l'oiseau qui chante,
La terre berçant l'homme, et tout l'Océan bleu
Et tous les animaux aimaient, aimaient en Dieu !

Je regrette les temps de la grande Cybèle*
Qu'on disait parcourir, gigantesquement belle,
Sur un grand char d'airain, les splendides cités ;
Son double sein versait dans les immensités
Le pur ruissellement de la vie infinie.
L'Homme suçait, heureux, sa mamelle bénie,
Comme un petit enfant, jouant sur ses genoux.
— Parce qu'il était fort, l'Homme était chaste et doux.

Misère ! Maintenant il dit : Je sais les choses,
Et va, les yeux fermés et les oreilles closes.
— Et pourtant, plus de dieux ! plus de dieux ! l'Homme est Roi,
L'Homme est Dieu ! Mais l'Amour, voilà la grande Foi !
Oh ! si l'homme puisait encore à ta mamelle,
Grande mère des dieux et des hommes, Cybèle ;
S'il n'avait pas laissé l'immortelle Astarté*
Qui jadis, émergeant dans l'immense clarté
Des flots bleus, fleur de chair que la vague parfume,
Montra son nombril rose où vint neiger l'écume,
Et fit chanter, Déesse aux grands yeux noirs vainqueurs,
Le rossignol aux bois et l'amour dans les cœurs !

II

Je crois en toi ! je crois en toi ! Divine mère,
Aphrodité marine ! — Oh ! la route est amère
Depuis que l'autre Dieu nous attelle à sa croix ;
Chair, Marbre, Fleur, Vénus, c'est en toi que je crois !
— Oui, l'Homme est triste et laid, triste sous le ciel vaste.
Il a des vêtements, parce qu'il n'est plus chaste,
Parce qu'il a sali son fier buste de dieu,
Et qu'il a rabougri, comme une idole au feu,
Son corps Olympien aux servitudes sales !
Oui, même après la mort, dans les squelettes pâles
Il veut vivre, insultant la première beauté !
— Et l'Idole où tu mis tant de virginité,
Où tu divinisas notre argile, la Femme,
Afin que l'Homme pût éclairer sa pauvre âme
Et monter lentement, dans un immense amour,
De la prison terrestre à la beauté du jour,
La Femme ne sait plus même être Courtisane !
— C'est une bonne farce ! et le monde ricane
Au nom doux et sacré de la grande Vénus !

III

Si les temps revenaient, les temps qui sont venus !
— Car l'Homme a fini ! l'Homme a joué tous les rôles !
Au grand jour, fatigué de briser des idoles
Il ressuscitera, libre de tous ses Dieux,
Et, comme il est du ciel, il scrutera les cieux !

L'Idéal, la pensée invincible, éternelle,
Tout le dieu qui vit, sous son argile charnelle,
Montera, montera, brûlera sous son front!
Et quand tu le verras sonder tout l'horizon,
Contempteur des vieux jougs, libre de toute crainte,
Tu viendras lui donner la Rédemption sainte!
— Splendide, radieuse, au sein des grandes mers
Tu surgiras, jetant sur le vaste Univers
L'Amour infini dans un infini sourire!
Le Monde vibrera comme une immense lyre
Dans le frémissement d'un immense baiser!

— Le Monde a soif d'amour: tu viendras l'apaiser.

. . . .

IV

Ô splendeur de la chair! ô splendeur idéale!
Ô renouveau d'amour, aurore triomphale
Où, courbant à leurs pieds les Dieux et les Héros,
Kallipyge* la blanche et le petit Éros*
Effleureront, couverts de la neige des roses,
Les femmes et les fleurs sous leurs beaux pieds écloses!
Ô grande Ariadné*, qui jettes tes sanglots
Sur la rive, en voyant fuir là-bas sur les flots,
Blanche sous le soleil, la voile de Thésée*,
Ô douce vierge enfant qu'une nuit a brisée,
Tais-toi! Sur son char d'or brodé de noirs raisins,
Lysios*, promené dans les champs Phrygiens*

Par les tigres lascifs et les panthères rousses,
Le long des fleuves bleus rougit les sombres mousses.
Zeus, Taureau, sur son cou berce comme une enfant
Le corps nu d'Europé*, qui jette son bras blanc
Au cou nerveux du Dieu frissonnant dans la vague.
Il tourne lentement vers elle son œil vague ;
Elle, laisse traîner sa pâle joue en fleur
Au front de Zeus ; ses yeux sont fermés ; elle meurt
Dans un divin baiser, et le flot qui murmure
De son écume d'or fleurit sa chevelure.
— Entre le laurier rose et le lotus jaseur
Glisse amoureusement le grand Cygne rêveur
Embrassant la Léda* des blancheurs de son aile ;
— Et tandis que Cypris* passe, étrangement belle,
Et, cambrant les rondeurs splendides de ses reins,
Étale fièrement l'or de ses larges seins
Et son ventre neigeux brodé de mousse noire,
— Héraclès*, le Dompteur, qui, comme d'une gloire
Fort, ceint son vaste corps de la peau du lion,
S'avance, front terrible et doux, à l'horizon !

Par la lune d'été vaguement éclairée,
Debout, nue, et rêvant dans sa pâleur dorée
Que tache le flot lourd de ses longs cheveux bleus,
Dans la clairière sombre où la mousse s'étoile,
La Dryade* regarde au ciel silencieux…
— La blanche Séléné* laisse flotter son voile,
Craintive, sur les pieds du bel Endymion*,
Et lui jette un baiser dans un pâle rayon…

— La Source pleure au loin dans une longue extase…
C'est la Nymphe qui rêve, un coude sur son vase,
Au beau jeune homme blanc que son onde a pressé.
— Une brise d'amour dans la nuit a passé,
Et, dans les bois sacrés, dans l'horreur des grands arbres,
Majestueusement debout, les sombres Marbres,
Les Dieux, au front desquels le Bouvreuil* fait son nid,
— Les Dieux écoutent l'Homme et le Monde infini!

Mai [18]70.

OPHÉLIE

I

Sur l'onde calme et noire où dorment les étoiles
La blanche Ophélia flotte comme un grand lys,
Flotte très lentement, couchée en ses longs voiles…
— On entend dans les bois lointains des hallalis.

Voici plus de mille ans que la triste Ophélie
Passe, fantôme blanc, sur le long fleuve noir ;
Voici plus de mille ans que sa douce folie
Murmure sa romance à la brise du soir.

Le vent baise ses seins et déploie en corolle
Ses grands voiles bercés mollement par les eaux ;
Les saules frissonnants pleurent sur son épaule,
Sur son grand front rêveur s'inclinent les roseaux.

Les nénuphars froissés soupirent autour d'elle ;
Elle éveille parfois, dans un aune* qui dort,
Quelque nid, d'où s'échappe un petit frisson d'aile :
— Un chant mystérieux tombe des astres d'or.

II

Ô pâle Ophélia ! belle comme la neige !
Oui tu mourus, enfant, par un fleuve emporté !
— C'est que les vents tombant des grands monts de Norwège
T'avaient parlé tout bas de l'âpre liberté ;

C'est qu'un souffle, tordant ta grande chevelure,
À ton esprit rêveur portait d'étranges bruits ;
Que ton cœur écoutait le chant de la Nature
Dans les plaintes de l'arbre et les soupirs des nuits ;

C'est que la voix des mers folles, immense râle,
Brisait ton sein d'enfant, trop humain et trop doux ;
C'est qu'un matin d'avril, un beau cavalier pâle,
Un pauvre fou, s'assit muet à tes genoux !

Ciel ! Amour ! Liberté ! Quel rêve, ô pauvre Folle !
Tu te fondais à lui comme une neige au feu :
Tes grandes visions étranglaient ta parole
— Et l'Infini terrible effara ton œil bleu !

III

— Et le poète dit qu'aux rayons des étoiles
Tu viens chercher, la nuit, les fleurs que tu cueillis,
Et qu'il a vu sur l'eau, couchée en ses longs voiles,
La blanche Ophélia flotter, comme un grand lys.

BAL DES PENDUS

Au gibet noir, manchot aimable,
Dansent, dansent les paladins*,
Les maigres paladins du diable,
Les squelettes de Saladins*.

Messire Belzebuth tire par la cravate
Ses petits pantins noirs grimaçant sur le ciel,
Et, leur claquant au front un revers de savate*,
Les fait danser, danser aux sons d'un vieux Noël!

Et les pantins choqués enlacent leurs bras grêles:
Comme des orgues noirs, les poitrines à jour
Que serraient autrefois les gentes damoiselles,
Se heurtent longuement dans un hideux amour.

Hurrah! les gais danseurs, qui n'avez plus de panse*!
On peut cabrioler, les tréteaux sont si longs!
Hop! qu'on ne sache plus si c'est bataille ou danse!
Belzebuth enragé racle ses violons!

Ô durs talons, jamais on n'use sa sandale!
Presque tous ont quitté la chemise de peau:
Le reste est peu gênant et se voit sans scandale.
Sur les crânes, la neige applique un blanc chapeau:

Le corbeau fait panache à ces têtes fêlées,
Un morceau de chair tremble à leur maigre menton :
On dirait, tournoyant dans les sombres mêlées,
Des preux, raides, heurtant armures de carton.

Hurrah ! la bise souffle au grand bal des squelettes !
Le gibet noir mugit comme un orgue de fer !
Les loups vont répondant des forêts violettes :
À l'horizon, le ciel est d'un rouge d'enfer...

Holà, secouez-moi ces capitans* funèbres
Qui défilent, sournois, de leurs gros doigts cassés
Un chapelet d'amour sur leurs pâles vertèbres :
Ce n'est pas un moustier* ici, les trépassés* !

Oh ! voilà qu'au milieu de la danse macabre
Bondit dans le ciel rouge un grand squelette fou
Emporté par l'élan, comme un cheval se cabre :
Et, se sentant encor la corde raide au cou,

Crispe ses petits doigts sur son fémur qui craque
Avec des cris pareils à des ricanements,
Et, comme un baladin* rentre dans la baraque,
Rebondit dans le bal au chant des ossements.

Au gibet noir, manchot aimable,
Dansent, dansent les paladins,
Les maigres paladins du diable,
Les squelettes de Saladins.

LE CHÂTIMENT DE TARTUFE

Tisonnant*, tisonnant son cœur amoureux sous
Sa chaste robe noire, heureux, la main gantée,
Un jour qu'il s'en allait, effroyablement doux,
Jaune, bavant la foi de sa bouche édentée,

Un jour qu'il s'en allait, « Oremus », — un Méchant
Le prit rudement par son oreille benoîte*
Et lui jeta des mots affreux, en arrachant
Sa chaste robe noire autour de sa peau moite !

Châtiment !... Ses habits étaient déboutonnés,
Et le long chapelet des péchés pardonnés
S'égrenant dans son cœur, Saint Tartufe était pâle !...

Donc, il se confessait, priait, avec un râle !
L'homme se contenta d'emporter ses rabats*...
— Peuh ! Tartufe était nu du haut jusques en bas !

VÉNUS ANADYOMÈNE

Comme d'un cercueil vert en fer-blanc, une tête
De femme à cheveux bruns fortement pommadés
D'une vieille baignoire émerge, lente et bête,
Avec des déficits assez mal ravaudés* ;

Puis le col gras et gris, les larges omoplates
Qui saillent ; le dos court qui rentre et qui ressort ;
Puis les rondeurs des reins semblent prendre l'essor ;
La graisse sous la peau paraît en feuilles plates ;

L'échine est un peu rouge, et le tout sent un goût
Horrible étrangement ; on remarque surtout
Des singularités qu'il faut voir à la loupe...

Les reins portent deux mots gravés : *Clara Venus* ;
— Et tout ce corps remue et tend sa large croupe
Belle hideusement d'un ulcère à l'anus.

LES REPARTIES DE NINA

. . . .

Lui. — Ta poitrine sur ma poitrine,
Hein ? nous irions,
Ayant de l'air plein la narine,
Aux frais rayons

Du bon matin bleu, qui vous baigne
Du vin de jour ?...
Quand tout le bois frissonnant saigne
Muet d'amour

De chaque branche, gouttes vertes,
Des bourgeons clairs,
On sent dans les choses ouvertes
Frémir des chairs :

Tu plongerais dans la luzerne*
Ton blanc peignoir,
Rosant à l'air ce bleu qui cerne
Ton grand œil noir,

Amoureuse de la campagne,
Semant partout,

Comme une mousse de champagne,
Ton rire fou :

Riant à moi, brutal d'ivresse,
Qui te prendrais
Comme cela, — la belle tresse,
Oh ! — qui boirais

Ton goût de framboise et de fraise,
Ô chair de fleur !
Riant au vent vif qui te baise
Comme un voleur,

Au rose églantier* qui t'embête
Aimablement :
Riant surtout, ô folle tête,
À ton amant !...

. . . .

[Dix-sept ans ! Tu seras heureuse !
Oh ! les grand prés,
La grande campagne amoureuse !
— Dis, viens plus près !...]

— Ta poitrine sur ma poitrine,
Mêlant nos voix,
Lents, nous gagnerions la ravine*,
Puis les grands bois !...

Puis, comme une petite morte,
Le cœur pâmé*,
Tu me dirais que je te porte,
L'œil mi-fermé…

Je te porterais, palpitante,
Dans le sentier :
L'oiseau filerait son andante* :
Au Noisetier…

Je te parlerais dans ta bouche ;
J'irais, pressant
Ton corps, comme une enfant qu'on couche,
Ivre du sang

Qui coule, bleu, sous ta peau blanche
Aux tons rosés :
Et te parlant la langue franche…
Tiens !… — que tu sais…

Nos grands bois sentiraient la sève,
Et le soleil
Sablerait d'or fin leur grand rêve
Vert et vermeil.

. . . .

Le soir ?… Nous reprendrons la route
Blanche qui court
Flânant, comme un troupeau qui broute,
Tout à l'entour.

Les bons vergers à l'herbe bleue,
Aux pommiers tors* !
Comme on les sent toute une lieue*
Leurs parfums forts !

Nous regagnerons le village
Au ciel mi-noir ;
Et ça sentira le laitage
Dans l'air du soir ;

Ça sentira l'étable, pleine
De fumiers chauds,
Pleine d'un lent rythme d'haleine,
Et de grands dos

Blanchissant sous quelque lumière ;
Et, tout là-bas,
Une vache fientera, fière,
À chaque pas…

— Les lunettes de la grand'mère
Et son nez long
Dans son missel* : le pot de bière
Cerclé de plomb,

Moussant entre les larges pipes
Qui, crânement,
Fument : les effroyables lippes
Qui, tout fumant,

Happent le jambon aux fourchettes
Tant, tant et plus :
Le feu qui claire les couchettes
Et les bahuts.

Les fesses luisantes et grasses
D'un gros enfant
Qui fourre, à genoux, dans les tasses,
Son museau blanc

Frôlé par un mufle qui gronde
D'un ton gentil,
Et pourlèche* la face ronde
Du cher petit...

. . . .

[Noire, rogue* au bord de sa chaise,
Affreux profil,
Une vieille devant la braise
Qui fait du fil ;]

Que de choses verrons-nous, chère,
Dans ces taudis,
Quand la flamme illumine, claire,
Les carreaux gris !...

— Puis, petite et toute nichée,
Dans les lilas
Noirs et frais : la vitre cachée,
Qui rit là-bas...

Tu viendras, tu viendras, je t’aime !
    Ce sera beau.
Tu viendras, n’est-ce pas, et même…

Elle. — Et mon bureau ?

À LA MUSIQUE

Place de la Gare, à Charleville.

Sur la place taillée en mesquines pelouses,
Square où tout est correct, les arbres et les fleurs,
Tous les bourgeois poussifs qu'étranglent les chaleurs
Portent, les jeudis soir, leurs bêtises jalouses.

— L'orchestre militaire, au milieu du jardin,
Balance ses schakos* dans la *Valse des fifres** :
— Autour, aux premiers rangs, parade le gandin* ;
Le notaire pend à ses breloques à chiffres.

Des rentiers à lorgnons* soulignent tous les couacs* :
Les gros bureaux bouffis traînent leurs grosses dames
Auprès desquelles vont, officieux cornacs,
Celles dont les volants ont des airs de réclames* ;

Sur les bancs verts, des clubs d'épiciers retraités
Qui tisonnent le sable avec leur canne à pomme,
Fort sérieusement discutent les traités,
Puis prisent en argent, et reprennent : « En somme !... »

Épatant sur son banc les rondeurs de ses reins,
Un bourgeois à boutons clairs, bedaine flamande,
Savoure son onnaing* d'où le tabac par brins
Déborde — vous savez, c'est de la contrebande ; —

Le long des gazons verts ricanent les voyous ;
Et, rendus amoureux par le chant des trombones,
Très naïfs, et fumant des roses, les pioupious*
Caressent les bébés pour enjôler* les bonnes...

— Moi, je suis, débraillé comme un étudiant,
Sous les marronniers verts les alertes fillettes :
Elles le savent bien ; et tournent en riant,
Vers moi, leurs yeux tout pleins de choses indiscrètes.

Je ne dis pas un mot : je regarde toujours
La chair de leurs cous blancs brodés de mèches folles :
Je suis, sous le corsage et les frêles atours,
Le dos divin après la courbe des épaules.

J'ai bientôt déniché la bottine, le bas...
— Je reconstruis les corps, brûlé de belles fièvres.
Elles me trouvent drôle et se parlent tout bas...
— Et je sens les baisers qui me viennent aux lèvres...

LES EFFARÉS

Noirs dans la neige et dans la brume,
Au grand soupirail qui s'allume,
Leurs culs en rond,

À genoux, cinq petits, — misère! —
Regardent le boulanger faire
Le lourd pain blond...

Ils voient le fort bras blanc qui tourne
La pâte grise, et qui l'enfourne
Dans un trou clair.

Ils écoutent le bon pain cuire.
Le boulanger au gras sourire
Chante un vieil air.

Ils sont blottis, pas un ne bouge,
Au souffle du soupirail rouge,
Chaud comme un sein.

Et quand, pendant que minuit sonne,
Façonné, pétillant et jaune,
On sort le pain,

Quand, sous les poutres enfumées,
Chantent les croûtes parfumées,
Et les grillons,

Quand ce trou chaud souffle la vie
Ils ont leur âme si ravie
Sous leurs haillons,

Ils se ressentent si bien vivre,
Les pauvres petits pleins de givre !
— Qu'ils sont là, tous,

Collant leurs petits museaux roses
Au grillage, chantant des choses,
Entre les trous,

Mais bien bas, — comme une prière...
Repliés vers cette lumière
Du ciel rouvert,

— Si fort, qu'ils crèvent leur culotte*,
— Et que leur lange blanc tremblote
Au vent d'hiver...

20 sept[embre 18]70.

ROMAN

I

On n'est pas sérieux, quand on a dix-sept ans.
— Un beau soir, foin des bocks* et de la limonade,
Des cafés tapageurs aux lustres éclatants!
— On va sous les tilleuls verts de la promenade.

Les tilleuls sentent bon dans les bons soirs de juin!
L'air est parfois si doux, qu'on ferme la paupière;
Le vent chargé de bruits, — la ville n'est pas loin, —
A des parfums de vigne et des parfums de bière...

II

— Voilà qu'on aperçoit un tout petit chiffon
D'azur sombre, encadré d'une petite branche,
Piqué d'une mauvaise étoile, qui se fond
Avec de doux frissons, petite et toute blanche...

Nuit de juin! Dix-sept ans! — On se laisse griser.
La sève est du champagne et vous monte à la tête...
On divague; on se sent aux lèvres un baiser
Qui palpite là, comme une petite bête...

III

Le cœur fou Robinsonne à travers les romans,
— Lorsque, dans la clarté d'un pâle réverbère,
Passe une demoiselle aux petits airs charmants,
Sous l'ombre du faux col effrayant de son père…

Et, comme elle vous trouve immensément naïf,
Tout en faisant trotter ses petites bottines,
Elle se tourne, alerte et d'un mouvement vif…
— Sur vos lèvres alors meurent les cavatines*…

IV

Vous êtes amoureux. Loué jusqu'au mois d'août.
Vous êtes amoureux. — Vos sonnets La font rire.
Tous vos amis s'en vont, vous êtes *mauvais goût.*
— Puis l'adorée, un soir, a daigné vous écrire… !

— Ce soir-là,… — vous entrez aux cafés éclatants,
Vous demandez des bocks ou de la limonade…
— On n'est pas sérieux, quand on a dix-sept ans
Et qu'on a des tilleuls verts sur la promenade.

29 sept[embre 18]70.

«… Français de soixante-dix, bonapartistes, républicains,
souvenez-vous de vos pères en 92, etc.»
....
— Paul de Cassagnac
— *Le Pays* —

Morts de Quatre-vingt-douze et de Quatre-vingt-treize,
Qui, pâles du baiser fort de la liberté,
Calmes, sous vos sabots, brisiez le joug qui pèse
Sur l'âme et sur le front de toute humanité;

Hommes extasiés et grands dans la tourmente,
Vous dont les cœurs sautaient d'amour sous les haillons,
Ô Soldats que la Mort a semés, noble Amante,
Pour les régénérer, dans tous les vieux sillons;

Vous dont le sang lavait toute grandeur salie,
Morts de Valmy, Morts de Fleurus, Morts d'Italie;
Ô million de Christs aux yeux sombres et doux;

Nous vous laissions dormir avec la République,
Nous, courbés sous les rois comme sous une trique.
— Messieurs de Cassagnac nous reparlent de vous!

Fait à Mazas, 3 septembre 1870.

LE MAL

Tandis que les crachats rouges de la mitraille
Sifflent tout le jour par l'infini du ciel bleu ;
Qu'écarlates ou verts, près du Roi qui les raille,
Croulent les bataillons en masse dans le feu ;

Tandis qu'une folie épouvantable, broie
Et fait de cent milliers d'hommes un tas fumant ;
— Pauvres morts ! dans l'été, dans l'herbe, dans ta joie,
Nature ! ô toi qui fis ces hommes saintement !... —

— Il est un Dieu, qui rit aux nappes damassées*
Des autels, à l'encens, aux grands calices d'or ;
Qui dans le bercement des hosannah* s'endort,

Et se réveille, quand des mères, ramassées
Dans l'angoisse, et pleurant sous leur vieux bonnet noir
Lui donnent un gros sou lié dans leur mouchoir !

RAGES DE CÉSARS

L'Homme pâle, le long des pelouses fleuries,
Chemine, en habit noir, et le cigare aux dents :
L'Homme pâle repense aux fleurs des Tuileries
— Et parfois son œil terne a des regards ardents…

Car l'Empereur est soûl de ses vingt ans d'orgie !
Il s'était dit : « Je vais souffler la Liberté
Bien délicatement, ainsi qu'une bougie ! »
La Liberté revit ! Il se sent éreinté !

Il est pris. — Oh ! quel nom sur ses lèvres muettes
Tressaille ? Quel regret implacable le mord ?
On ne le saura pas. L'Empereur a l'œil mort.

Il repense peut-être au Compère en lunettes…
— Et regarde filer de son cigare en feu,
Comme aux soirs de Saint-Cloud, un fin nuage bleu.

SECOND CAHIER

RÊVÉ POUR L'HIVER

*A*** Elle.*

L'hiver, nous irons dans un petit wagon rose
Avec des coussins bleus.
Nous serons bien. Un nid de baisers fous repose
Dans chaque coin moelleux.

Tu fermeras l'œil, pour ne point voir, par la glace,
Grimacer les ombres des soirs,
Ces monstruosités hargneuses, populace
De démons noirs et de loups noirs.

Puis tu te sentiras la joue égratignée…
Un petit baiser, comme une folle araignée,
Te courra par le cou…

Et tu me diras : « Cherche ! » en inclinant la tête,
— Et nous prendrons du temps à trouver cette bête
— Qui voyage beaucoup…

En wagon, le 7 octobre [18]70.

LE DORMEUR DU VAL

C'est un trou de verdure où chante une rivière
Accrochant follement aux herbes des haillons
D'argent ; où le soleil, de la montagne fière,
Luit : c'est un petit val qui mousse de rayons.

Un soldat jeune, bouche ouverte, tête nue,
Et la nuque baignant dans le frais cresson bleu,
Dort ; il est étendu dans l'herbe, sous la nue,
Pâle dans son lit vert où la lumière pleut.

Les pieds dans les glaïeuls, il dort. Souriant comme
Sourirait un enfant malade, il fait un somme :
Nature, berce-le chaudement : il a froid.

Les parfums ne font pas frissonner sa narine ;
Il dort dans le soleil, la main sur sa poitrine
Tranquille. Il a deux trous rouges au côté droit.

Octobre [18]70.

AU CABARET-VERT, CINQ HEURES DU SOIR

Depuis huit jours j'avais déchiré mes bottines
Aux cailloux des chemins. J'entrais à Charleroi.
— *Au Cabaret-Vert* : je demandai des tartines
De beurre et du jambon qui fût à moitié froid.

Bienheureux, j'allongeai les jambes sous la table
Verte : je contemplai les sujets très naïfs
De la tapisserie. — Et ce fut adorable,
Quand la fille aux tétons énormes, aux yeux vifs,

— Celle-là, ce n'est pas un baiser qui l'épeure ! —
Rieuse, m'apporta des tartines de beurre,
Du jambon tiède, dans un plat colorié,

Du jambon rose et blanc parfumé d'une gousse
D'ail, — et m'emplit la chope immense, avec sa mousse,
Que dorait un rayon de soleil arriéré.

Octobre [18]70.

LA MALINE

Dans la salle à manger brune, que parfumait
Une odeur de vernis et de fruits, à mon aise
Je ramassais un plat de je ne sais quel met
Belge, et je m'épatais dans mon immense chaise.

En mangeant, j'écoutais l'horloge, — heureux et coi.
La cuisine s'ouvrit avec une bouffée,
— Et la servante vint, je ne sais pas pourquoi,
Fichu moitié défait, malinement coiffée

Et, tout en promenant son petit doigt tremblant
Sur sa joue, un velours de pêche rose et blanc,
En faisant, de sa lèvre enfantine, une moue,

Elle arrangeait les plats, près de moi, pour m'aiser;
— Puis, comme ça, — bien sûr, pour avoir un baiser, —
Tout bas : « Sens donc, j'ai pris *une* froid sur la joue… »

Charleroi, octobre [18]70.

— L'ÉCLATANTE VICTOIRE DE SARREBRÜCK —,

remportée aux cris de vive l'Empereur !

Gravure belge brillamment coloriée,
se vend à Charleroi, 35 centimes.

Au milieu, l'Empereur, dans une apothéose
Bleue et jaune, s'en va, raide, sur son dada
Flamboyant ; très heureux, — car il voit tout en rose,
Féroce comme Zeus et doux comme un papa ;

En bas, les bons Pioupious qui faisaient la sieste
Près des tambours dorés et des rouges canons,
Se lèvent gentiment. Pitou* remet sa veste,
Et, tourné vers le Chef, s'étourdit de grands noms !

À droite, Dumanet*, appuyé sur la crosse
De son chassepot*, sent frémir sa nuque en brosse,
Et : « Vive l'Empereur !! » — Son voisin reste coi…

Un schako surgit, comme un soleil noir… Au centre,
Boquillon* rouge et bleu, très naïf, sur son ventre
Se dresse, et, — présentant ses derrières — : « De quoi ?… »

Octobre [18]70.

LE BUFFET

C'est un large buffet sculpté ; le chêne sombre,
Très vieux, a pris cet air si bon des vieilles gens ;
Le buffet est ouvert, et verse dans son ombre
Comme un flot de vin vieux, des parfums engageants ;

Tout plein, c'est un fouillis de vieilles vieilleries,
De linges odorants et jaunes, de chiffons
De femmes ou d'enfants, de dentelles flétries,
De fichus de grand-mère où sont peints des griffons* ;

— C'est là qu'on trouverait les médaillons, les mèches
De cheveux blancs ou blonds, les portraits, les fleurs sèches
Dont le parfum se mêle à des parfums de fruits.

— Ô buffet du vieux temps, tu sais bien des histoires,
Et tu voudrais conter tes contes, et tu bruis*
Quand s'ouvrent lentement tes grandes portes noires.

Octobre [18]70.

MA BOHÈME

(Fantaisie)

Je m'en allais, les poings dans mes poches crevées ;
Mon paletot* aussi devenait idéal ;
J'allais sous le ciel, Muse ! et j'étais ton féal ;
Oh ! là là ! que d'amours splendides j'ai rêvées !

Mon unique culotte avait un large trou.
— Petit-Poucet rêveur, j'égrenais dans ma course
Des rimes. Mon auberge était à la Grande-Ourse.
— Mes étoiles au ciel avaient un doux frou-frou

Et je les écoutais, assis au bord des routes,
Ces bons soirs de septembre où je sentais des gouttes
De rosée à mon front, comme un vin de vigueur ;

Où, rimant au milieu des ombres fantastiques,
Comme des lyres, je tirais les élastiques
De mes souliers blessés, un pied près de mon cœur !

DOSSIER LIBRIO+

Des pages en + pour s'approprier le texte,
le comprendre sans notes, et s'exercer !

Fiche 1 : Lire sans notes

1. Rimbaud, virtuose des mots… et des références

a. À l'aide d'un dictionnaire, trouvez la définition de chacun de ces termes : « anadyomène » (p. 35), « robinsonne » (p. 48), « palsembleu » (p. 17), « hallalis » (p. 29), « m'épatais » (p. 63), « coi » (p. 63), « féal » (p. 69), « cornacs » (p. 43), « claire » (p. 41), « lippes » (p. 40), « peuh ! » (p. 33).

— Classez-les dans le tableau suivant :

Mots rares	Néologismes	Mots familiers	Archaïsmes (vieillis)

— Quel est l'effet produit par la rencontre de ces différents mots au sein du recueil poétique ?

b. À l'aide d'une encyclopédie, présentez chacun des personnages suivants : Ophélie (« Ophélie », p. 29), Belzebuth (« Bal des pendus », p. 31), Pan (« Soleil et Chair », p. 23), Tartufe (« Le Châtiment de Tartufe », p. 33).

À quels univers imaginaires et littéraires appartiennent-ils ?

c. Dans quelle mesure le poème « Le Dormeur du val » (p. 59) résonne-t-il avec le poème de Victor Hugo « Souvenir de la nuit du 4 » ? Et qu'est-ce qui les distingue ?

2. Le sonnet : entre tradition et modernité

a. À l'aide d'une recherche en ligne, décrivez la forme du sonnet ainsi que les règles de composition qui le régissent.

b. Recenser les différents sonnets présents dans *Les Cahiers de Douai*.

c. Le plus souvent, quel est l'effet produit par la dernière strophe du sonnet ? Choisissez un exemple pour justifier votre réponse.

d. Dans quelle mesure peut-on dire que la contrainte formelle est aussi source d'innovation créatrice ? En vous appuyant sur des exemples précis, montrez comment Rimbaud joue avec cette forme fixe.

3. L'enfant terrible de la littérature

a. Regardez en ligne le portrait de Rimbaud fait par Étienne Carjat[1]. Cette photographie a contribué à élever au rang de mythe la figure de Rimbaud. Quels sont les principaux traits qui s'en dégagent ?

b. Paul Verlaine décrivait Rimbaud comme « l'homme aux semelles de vent ». À l'aide d'une encyclopédie, justifiez cette dénomination après avoir rappelé les liens qui unissaient les deux poètes.

c. Effectuez des recherches afin de découvrir le contexte dans lequel ont été écrits *Les Cahiers de Douai*. Quel âge avait Rimbaud quand il écrit ces cahiers ? Pourquoi ce titre de recueil a-t-il été choisi ? À qui était-il dédié ?

---

1. Étienne Carjat, *Portrait d'Arthur Rimbaud*, 1872, photographie, musée Arthur-Rimbaud, Charleville-Mézières.

Fiche 2 : Les principaux thèmes des *Cahiers de Douai*

1. Rêve de liberté : le motif de la fugue

a. À l'aide d'un dictionnaire, rappelez les deux sens possibles du mot « fugue ». Dans quelle mesure les deux sens s'articulent-ils et s'actualisent-ils dans le recueil ?

b. Relevez les différentes indications spatio-temporelles qui parsèment le recueil et nous renseignent sur le contexte d'écriture de chaque poème. Quelle est l'architecture choisie pour l'organisation des *Cahiers de Douai* ?

c. Relisez attentivement le deuxième poème du recueil, « Sensation » (p. 13), et le dernier, « Ma Bohème » (p. 69). Quel est le thème commun ? Justifiez votre réponse en citant les textes. Quel portrait de Rimbaud se dessine à travers ces deux poèmes ? Pour répondre à cette question, relevez les noms et les adjectifs employés et étudiez l'effet produit par leur emploi.

d. Quel est le rôle joué par la nature lors des fugues du poète ?

e. Citez deux autres poèmes où apparaît le motif du voyage ou de la promenade. Montrez comment cette expérience est intimement liée à celle de la relation amoureuse.

f. « Bal des pendus » (p. 31) renvoie au motif de la danse macabre, déjà en vogue au Moyen Âge et mis à l'honneur par le poète François Villon. Étudiez la musicalité particulière de ce poème : en quoi se rapproche-t-il de la chanson populaire ? Justifiez votre réponse en vous intéressant aux rimes, aux mètres, aux répétitions, etc. Identifiez dans le recueil un autre poème qui se rapproche, pour ces mêmes raisons, de la chanson.

g. Le poème « *Morts de Quatre-vingt-douze et de Quatre-vingt-treize* » (p. 49) aurait été écrit à Mazas, le 3 septembre 1870. Mazas est une maison d'arrêt où Rimbaud a été incarcéré pour avoir été contrôlé sans billet pour le train, alors qu'il était en fugue. Quel sujet lui inspire cette entrave à la liberté ?

2. Révolte et lutte contre l'injustice sociale

En 1870, la France est dirigée par Napoléon III, qui a pris le pouvoir lors du coup d'État du 2 décembre 1851. L'alliance de l'empereur avec le pape Pie IX a renforcé le pouvoir clérical. Le 19 juillet 1870, la France déclare la guerre à la Prusse. Très meurtrière, cette guerre se solde par la défaite des Français et oblige l'empereur à fuir le pays. La défaite conduit à deux drames : le siège de Paris, car la ville refuse de se rendre à l'ennemi, puis la répression violente de la Commune en mai 1871, où s'oppose les insurgés et le gouvernement versaillais. Rimbaud se prononcera en faveur de ce mouvement révolutionnaire.

a. Quelles sont les cibles privilégiées de la critique rimbaldienne ? Que leur reproche-t-il ?

b. Quels registres et tonalités dominent dans les poèmes « Le Forgeron » (p. 15), « L'Éclatante Victoire de Sarrebrück » (p. 65), « Rages de Césars » (p. 53) ? Justifiez votre réponse en citant le texte.

c. Comment interprétez-vous le pluriel dans le titre « Rages de Césars » (p. 53) ?

d. Quelle image Rimbaud donne-t-il de la guerre ? En quoi ces combats sont-ils différents des mouvements révolutionnaires menés par le peuple ?

e. Relisez attentivement le poème « Les Effarés » (p. 45) et inventez-lui un autre titre. Que dénonce Rimbaud à travers ce portrait ? En quoi la forme de ce poème vous semble-t-elle en adéquation avec le propos ?

f. Le poème « À la musique » (p. 43) peut être lu comme une satire virulente de la bourgeoisie. Justifiez ce propos en vous appuyant sur le texte. En quoi Rimbaud se distingue-t-il de cette assemblée ?

3. Sensualité et érotisme

a. Que raconte le premier poème du recueil, « Première soirée » (p. 11) ? Résumez la scène.

b. Passez en revue les différents personnages féminins qui apparaissent au fil du recueil, que ces femmes aient un nom ou qu'elles soient anonymes, qu'elles prennent la parole ou qu'elles demeurent muettes. Décrivez-les brièvement à l'aide de deux ou trois adjectifs. Peut-on dire que l'image de la femme est fixe et univoque dans *Les Cahiers de Douai* ? Que tend à montrer cette série de portraits ?

c. Relevez les poèmes où l'amour et l'étreinte charnelle relèvent davantage du fantasme que de la réalité. Quels sont les obstacles auxquels se heurte le jeune amant ?

d. Dans le poème « Roman » (p. 47), Rimbaud affirme : « On n'est pas sérieux, quand on a dix-sept ans » (v. 1). En quoi la poésie permet-elle au jeune adolescent de grandir et de réfléchir à ses expériences amoureuses ?

e. Relisez attentivement « Soleil et Chair » (p. 23). Pourquoi peut-on dire que ce poème est un hymne à la sensualité du monde ? Étudiez la manière dont est donnée à lire la communion entre le poète et l'univers. Comment sont utilisées les références à l'Antiquité et à la mythologie ? Commentez la profession de foi énoncée par le poète : « Chair, Marbre, Fleur, Vénus, c'est en toi que je crois ! » (v. 48).

Fiche 3 : Lectures analytiques

1. Blason du corps répugnant – « Vénus anadyomène », p. 35

La Vénus sortant des eaux est un motif traditionnel de l'art pictural. La Naissance de Vénus, *toile peinte par Botticelli vers 1484-1485 pendant la Renaissance italienne, est ainsi considéré comme le chef-d'œuvre du genre. Consultez une reproduction de ce tableau sur Internet. Au* XIX*e siècle, d'autres artistes qui appartiennent au mouvement néo-classique remettent à l'honneur ce motif (Bouguereau, Cabanel).*

a. Le titre du poème façonne un horizon d'attente qui renvoie à cet imaginaire pictural. Montrez que le poème s'attache ensuite à déconstruire cet horizon : quel personnage a remplacé la Vénus traditionnelle ? Que devient le coquillage ? Quelles sont les caractéristiques physiques de cette femme ?

b. Relevez les termes qui renvoient à l'animalité du personnage.

c. Montrez que tous les sens du poète sont mobilisés pour arriver à saisir l'essence mystérieuse de cette femme-créature. En quoi peut-on parler de synesthésie ?

d. Étudiez l'effet produit par l'enjambement : « L'échine est un peu rouge, et le tout sent un goût / Horrible étrangement » (v. 9-10). Montrez la tension entre répulsion et fascination.

e. Que signifie : « deux mots gravés : *Clara Venus* » ? L'expression en latin signifie « claire / brillante Vénus ». Pour quelle raison est-ce ironique ici ?

f. Quel est l'effet produit par le dernier vers ? Que pouvez-vous dire de la rime qui associe « Vénus » à « anus » ?

g. Montrez en quoi les « singularités qu'il faut voir à la loupe » (v.11) peuvent également désigner les innovations créatrices de Rimbaud.

h. **Grammaire.** Identifiez et expliquez l'articulation des propositions dans le premier tercet : « L'échine est un peu rouge, et le tout sent un goût / Horrible étrangement ; on remarque surtout / Des singularités qu'il faut voir à la loupe… »

2. Célébrer le quotidien – « Le Buffet », p. 67

a. A priori, diriez-vous qu'un buffet est un objet poétique ? Pourquoi ?

b. Montrez comment la description du buffet évolue au fil des strophes.

c. Quelle figure de style prédomine tout au long du poème ?

d. Comment interprétez-vous le passage au conditionnel au vers 9 ?

e. Étudiez la place réservée aux sens dans ce poème.

f. Au dernier tercet, de quelle manière Rimbaud s'adresse-t-il au buffet ? Selon quelle tonalité ?

g. Quelles émotions s'emparent du poète à l'évocation du buffet ? Vous semblent-elles correspondre à l'image de l'adolescent révolté ?

h. De manière générale, de quoi le buffet peut-il être la métaphore ?

i. Relisez attentivement le poème « *Au Cabaret-Vert*, cinq heures du soir » (p. 61). Dans quelle mesure ce poème démontre lui aussi la capacité de Rimbaud à transcender le quotidien et les choses les plus banales de la vie ?

j. **Grammaire.** Étudiez la valeur et la morphologie du verbe « voudrais » (v. 13).

3. Définition d'un art poétique – « Ma Bohème », p. 69

a. Commentez le sous-titre donné à ce poème. Que vous inspire-t-il ?

b. Quelles sont les caractéristiques de la vie de bohème menée par Rimbaud ?

c. Relevez dans le poème tous les mots qui renvoient au champ lexical de la poésie. À quoi sont-ils associés ? A-t-on ici une image traditionnelle de l'inspiration poétique ?

d. Montrez à travers l'analyse de plusieurs vers que Rimbaud ne respecte pas la régularité de l'alexandrin. Quel est l'effet produit ?

e. Rappelez ce qu'est un « art poétique ». À l'aide des réponses précédentes, composez un bref paragraphe argumentatif où vous justifierez la thèse selon laquelle ce poème est un art poétique, en prenant soin d'en rappeler la définition au préalable et en précisant les principes fondamentaux de l'art poétique rimbaldien.

f. **Grammaire.** Faites l'analyse syntaxique de la phrase suivante : « Petit-Poucet rêveur, j'égrenais dans ma course / Des rimes. »

Fiche 4 : Vers le bac

1. S'entraîner à l'épreuve écrite : la dissertation

Dans ses *Lettres du voyant* (1871), Arthur Rimbaud précise la fonction du poète : « Je dis qu'il faut être *voyant*, se faire *voyant*. Le poète se fait *voyant* par un long, immense et raisonné *dérèglement* de tous les sens ».

En quoi cette affirmation rend-elle compte de votre lecture des *Cahiers de Douai* ?

Pour répondre à cette question, suivez les différentes étapes d'analyse proposées ci-dessous.

a. Repérez les mots clés du sujet et recherchez si besoin leur définition ou leur étymologie dans le dictionnaire. Trouvez des synonymes ou des antonymes pour reformuler la citation.

b. Interrogez cette citation au regard du parcours proposé « Émancipations créatrices ».

c. Quel type de plan vous semble le mieux correspondre à ce sujet, un plan thématique ou un plan dialectique ? Écrivez le plan que vous aurez choisi.

d. Rédigez un paragraphe argumentatif qui répond au sujet et mobilisez en exemple le poème « Ma Bohème ». Soyez attentif à la justesse de l'expression, à la précision dans l'analyse de l'exemple et à la rigueur de l'argumentation.

2. S'entraîner à l'épreuve orale : lire un texte poétique

Le repérage

a. Relisez silencieusement le poème « *Au Cabaret-Vert*, cinq heures du soir » (p. 61). Assurez-vous d'être capable de reformuler la scène décrite, c'est-à-dire de bien comprendre le sens du poème.

b. Décrivez la forme du poème : les strophes, les mètres, les systèmes de rimes. Quelle est ici la forme fixe employée ?

c. Identifiez les différentes unités syntaxiques, c'est-à-dire les phrases qui composent le poème.

d. Crayon en main, repérez les éléments suivants :
— les liaisons
— les enjambements
— les césures
— les pauses
— la diérèse
— l'exclamation
— l'incise

e. Quelle tonalité vous semble convenir pour la lecture de ce texte ?

L'entraînement

Enregistrez plusieurs fois votre lecture.

Écoutez les enregistrements en étant attentif aux éléments suivants : le respect de la versification, l'intonation, la fluidité de la lecture, l'articulation, les liaisons. Prenez également garde à ce que tout ce qui a été repéré précédemment soit bien pris en compte.

La performance

Lisez le texte devant vos camarades de classe, en étant audible et, si possible, en détachant à certains moments les yeux du poème. À la fin de la lecture, l'auditoire partage avec vous ses impressions et ses observations.

> *La lecture est un exercice difficile, mais qui peut révéler la beauté tout autant que le sens d'un texte de poésie. Pour en faire l'expérience, écoutez différents poèmes de Baudelaire, Apollinaire ou encore Marceline Desbordes-Valmore mis en musique et lus par différents artistes pour la chaîne YouTube de vulgarisation littéraire,* Le Mock.

Fiche 5 : Pour aller plus loin – Explorer le mythe rimbaldien

1. Arthur Rimbaud dans les arts graphiques

Arthur Rimbaud fascine ses contemporains tout comme la postérité. Outre le photographe Étienne Carjat, le peintre Henri Fantin-Latour a lui aussi tenté de figer l'essence de l'adolescent prodige.

Consultez sur Internet le tableau intitulé *Un coin de table*[1], et répondez aux questions suivantes.

a. À quel genre pictural appartient ce tableau ? Commentez sa composition.

b. Aidez-vous des informations disponibles sur le site du musée d'Orsay pour identifier les différentes personnalités présentes autour de la table. Quels reproches ont été formulés à l'encontre de cette œuvre ?

c. Quel témoignage nous apporte ce tableau sur les relations entre hommes de lettres et artistes au XIXe siècle ?

d. Focalisez-vous sur le personnage de Rimbaud. Décrivez son attitude. Quels traits de sa personnalité sont ici mis en valeur ?

e. Le plasticien Ernest Pignon-Ernest, considéré comme un des précurseurs du *street art*, a été marqué à vie par sa rencontre littéraire avec Rimbaud. Entre 1978 et 1979, il placarde près de 400 images de l'adolescent sur les murs de Paris et de Charleville.

---

1. Henri Fantin-Latour, *Un coin de table*, huile sur toile, 1872, musée d'Orsay, Paris.

Effectuez des recherches en ligne pour trouver trace de ces manifestations artistiques. Quels peuvent être les effets produits sur le spectateur face à ces œuvres d'art ?

2. Une saison avec Rimbaud

Lors de l'été 2020, l'écrivain contemporain Sylvain Tesson a consacré une série de chroniques au jeune poète dans une émission intitulée « Un été avec Rimbaud ».
L'ensemble des podcasts est disponible au lien suivant : https://www.radiofrance.fr/franceinter/podcasts/un-ete-avec-rimbaud
En binôme, choisissez une émission dont le titre et le résumé vous intéressent. Écoutez-la avec attention, plusieurs fois si nécessaire, puis présentez-en une synthèse devant la classe.

LEXIQUE

Airain (n.m.) : bronze
Andante (n.m.) : partie d'une composition musicale qui doit être jouée de manière modérée, assez lentement, posément
Ariadné (n.pr.) : autre nom pour Ariane, personnage de la mythologie grecque, fille du roi de Crète Minos et de Pasiphaé. Séduite par Thésée, elle l'aide à combattre le Minotaure puis à sortir du labyrinthe. Il l'abandonne sur l'île de Naxos alors qu'il avait promis de l'épouser
Astarté (n.pr.) : déesse du Proche-Orient associée à l'amour, à la sexualité ainsi qu'à la guerre et la chasse
Aune (n.m.) : orthographié « aulne » couramment, arbre

Baladin (n.m.) : un saltimbanque, un bouffon
Benoît (adj.) : calme, tranquille, satisfait ; d'une douceur hypocrite
Bock (n.m.) : verre à bière, par métonymie : la bière
Boquillon (n.pr.) : personnage de fantassin héros du journal satirique *La Lanterne de Boquillon*
Bouge (n.m.) : lieu misérable, taudis, café mal famé
Bouvreuil (n.m.) : petit oiseau qui possède un gros bec noir et court, au plumage gris-noir et rouge sous le ventre
Bruire (v.) : faire un léger bruit

Capitan (n.m.) : dans la comédie traditionnelle, personnage du soldat fanfaron et bravache
Cavatine (n.f.) : air d'opéra
Chapelet (n.m.) : collier le long duquel sont disposés une dizaine de grains qui permettent de compter les prières à réciter
Chassepot (n.m.) : fusil de guerre qui est muni d'un sabre-baïonnette
Clairon (n.m.) : instrument à vent, le plus souvent présent dans les régiments d'infanterie
Couac (n.m.) : fausse note
Culotte (n.f.) : ici, pantalon
Cybèle (n.pr.) : divinité d'origine phrygienne dite aussi Grande Mère, de la Mère Nourricière
Cypris (n.pr.) : nom chypriote pour désigner la déesse de l'amour Aphrodite

Dague (n.f.) : poignard, épée de courte taille, surtout utilisée au Moyen Âge
Damassé (adj.) : où l'on fait apparaître des dessins en entre-croisant des trames de tissu
Dryade (n.f.) : divinité féminine qui protège les arbres et les forêts
Dumanet (n.pr.) : personnage de la presse satirique, soldat naïf et un peu bête

Églantier (n.m.) : rosier sauvage qui pousse sous forme de buisson
Endymion (n.pr.) : berger, amant de Séléné, déesse de la lune
Enjôler (v.) : flatter, chercher à séduire par des mots tendres

Éros (n.pr.) : divinité de l'Amour, fils d'Aphrodite dans la mythologie grecque
Europé (n.pr.) : Europe, dans la mythologie grecque, princesse phénicienne, figure de la déesse Terre, qui s'unit à Zeus lequel s'est métamorphosé en taureau pour la séduire

Farouche (adj.) : sauvage, cruel, barbare
Fifre (n.m.) : petite flûte traversière souvent inclus dans un ensemble de musique militaire

Gandin (n.m.) : terme propre au Second Empire qui désigne un jeune homme élégant, raffiné, mais à l'allure ridicule
Gibet (n.m.) : instrument construit pour exécuter les condamnés à mort par pendaison
Griffon (n.m.) : animal mythologique à tête d'aigle et corps de lion possédant de grandes griffes

Haillons (n.m.pl.) : vêtements usés, déchirés et misérables
Hart (n.f.) : corde utilisée pour pendre les condamnés à mort
Héraclès (n.pr.) : aussi connu sous le nom d'Hercule dans la mythologie romaine, héros qui possède une force exceptionnelle, applaudi pour ses exploits comme celui des douze Travaux durant lesquels il parvient à vaincre le lion de Némée et porte sur ses épaules la peau de sa dépouille
Hosannah (n.m.) : dans les religions juive et catholique, exclamation de joie

Kallipyge (adj) : souvent orthographié « callipyge ». La Vénus callipyge est une posture dans laquelle la déesse soulève son vêtement afin de contempler dans l'eau son reflet et ses fesses. C'est un motif traditionnel de la statuaire

Léda (n.pr.) : dans la mythologie grecque, jeune fille séduite par Zeus qui a pris l'apparence d'un cygne pour l'approcher. Elle est la mère des Dioscures, Castor et Pollux

Lieue (n.f.) : unité de mesure qui équivaut à 4 kilomètres environ

Lorgnon (n.m.) : unique verre de lunette qui se porte, sans monture, sous l'arcade du sourcil

Luzerne (n.f.) : plante cultivée pour nourrir le bétail

Lysios (n.pr.) : dieu grec qui apporte la libération

Malinement (adv.) : *provincialisme*, malignement – d'une façon maline, de façon à faire du mal ou du tort à autrui

Maraud (n.m.) : façon péjorative de désigner un homme du peuple

Mièvre (adj.) : *veilli*, qui est vif, malicieux, espiègle, enfantin

Missel (n.m.) : livre de prières

Mitonner (v.) : préparer un plat avec beaucoup d'attention

Mouchard (n.m.) : espion qui travaille au service de la police

Moustier (n.m.) : *vieilli*, monastère

Nubile (adj.) : qui a l'âge de se marier, qui a atteint la puberté

Onnaing (n.m.) : pipe fabriquée en terre cuite

Paladin (n.m.) : chevalier errant du Moyen Âge

Paletot (n.m.) : sorte de veste boutonné par devant qui se porte par-dessus d'autres vêtements

Pâmé (adj.) : évanoui, qui a perdu connaissance
Panse (n.f.) : ventre
Patenôtres (n.f.) : prière catholique du Notre Père
Phrygien (adj.) : qui habite ou qui vient de Phrygie, une contrée d'Asie Mineure dans l'Antiquité
Picoter (v.) : causer à une partie du corps une sensation de multiples piqûres légères
Pioupiou (n.m.) : soldat
Pitou (n.pr.) : personnage de jeune soldat naïf et ridicule popularisé par l'imagerie d'Épinal
Pourlécher (v.) : lécher avec insistance

Rabat (n.m.) : ici, partie du vêtement qui est replié
Ravauder (v.) : rapiécer, remettre en état, arranger correctement
Ravine (n.f.) : *vieilli*, petit ravin qui constitue le lit d'un ruisseau
Réclame (n.f.) : publicité
Regimber (v.) : résister, se montrer récalcitrant à quelque chose
Rogue (adj.) : dédaigneux, méprisant, hautain

Saladin (n.pr.) : ancien sultan d'Égypte
Satyre (n.m.) : dans les mythologies grecque et latine, demi-dieu qui accompagne Dionysos/Bacchus et qui possède un corps d'homme, des cornes et des pattes de bouc, connu pour son appétit sexuel et son caractère licencieux
Savate (n.f.) : chaussure ou pantoufle un peu usée
Schako (n.m.) : coiffure militaire qui monte légèrement, rigide avec une visière, portée dans l'armée jusqu'à la Première Guerre mondiale

Séléné (n.pr.) : déesse de la lune dans la mythologie grecque
Syrinx (n.f.) : flûte de Pan. Employé ici au masculin

Thésée (n.pr.) : fils d'Égée et de Poséidon, héros de la mythologie grecque qui a combattu le Minotaure
Tisonner (v.) : ici, remuer pour rendre plus ardent, plus vif un sentiment
Tors (adj.) : tordu
Trépassé (n.m.) : personne morte
Trille (n.f.) : ornement musical

Ventre-dieu (interjection) : juron qui marque l'indignation et qui est ici employé comme un substantif

Achevé d'imprimer en Slovaquie
par Novoprint SLK
le 3 avril 2023
Dépôt légal mai 2023
EAN 9782290390658
OTP L21ELLN001217-560888

—

Composition : PCA

—

ÉDITIONS J'AI LU
82, rue Saint-Lazare, 75009 Paris
Diffusion France et étranger : Flammarion

Librio
1229